EPITAPHE

DE TOUS LES OFFICIERS,

ET SOLDATS FRANÇOIS,

Anglois, Autrichiens, Hanoveriens & Hollandois,
tués à l'attaque du Camp de Fontenoy.

Composée par eux-mêmes aux Champs
Elisées, & reçûë de la bouche de l'un
d'entre eux, dépêché sur les lieux pour
la dicter invisiblement au premier venu.

Gravée premierement dans la mémoire, avec
promeſſe de la faire graver ou poſſible ſera.

PREMIERE EDITION,
Si le Public en demande une ſeconde.

M. DCC. XLVI.

ENVOI.

A Mlle CARITE.

VOUS me demandés quelque chose de nouveau qui soit vieux, c'est en verité désoler un Poëtrio; comment vous satisfaire? Voila une demande aussi singuliere que la façon dont je vais y répondre.

Dans le dernier Siége où je me trouvai l'an passé, je fis connoissance d'un aimable Turc, qui composa l'Épitaphe de tous ceux qui resterent à Fontenoy; je l'ai trouvée si jolie, que je l'ai accommodée au goût François. Je crois que vous y trouverés le nouveau dans le vieux, & je ne vous envoye pareil Présent, que pour vous assurer, que si tous meurent, Grands & petits, mon amour pour vous, MADEMOISELLE, ne sera jamais sujet à ce triste sort; vous trouverés toujours dans mon cœur ce que vous m'avés demandé, quelque chose de nouveau qui soit vieux; dans mon ancien amour une nouvelle tendresse.

EPITAPHE

DE TOUS LES OFFICIERS

ET SOLDATS FRANÇOIS,

Anglois, Autrichiens, Hanoveriens, & Hollandois, tués à l'attaque du Camp de Fontenoy.

Composée par eux - mêmes aux Champs Elisées, & reçûe de la bouche de l'un d'entre eux, dépêché sur les lieux pour la dicter invisiblement au premier venu.

Gravée premierement dans la mémoire, avec promesse de la faire graver ou possible sera,

ANS Paris regne une coutume
Digne à mon sens d'un trait
de plume.
Le Peuple est sot, il l'est par tout;
Mais pousser la sottise au bout,
C'est de Paris le privilege.
Ne voyez-vous pas le Cortege

Qu'on y fait à chaque Pendart !
L'Artifan quitte tout & part :
Il veut voir fortir la charette
Du Grand Châtelet ; il la guette :
Ah ! la voilà , le voyés-vous
Ce Voleur , ce Chef de Filous ?
Il eft tout jeune. O quel dommage
De fe faire pendre à cet âge !
Vous vous trompés , ce n'eft pas lui ;
Celui qu'on va pendre aujourd'hui ,
Eft vieux ; voyés fa barbe grife.
C'eft ce fameux Voleur d'Eglife ;
Oh , le vieux Chien ! mais jeune ou vieux ,
Tout eft bon pour nos Curieux.
Ils en ont déja vû deux mille ,
Ce n'eft rien. Le Convoi défile ;
On arrive à la Grêve , & là
L'Archer s'écrie en vain, hola :
N'importe , au rifque de fa tête ,
On pouffe, on court comme à la Fête ;
On s'arrange. Oh , nous voila bien ;
Ah! j'étouffe ! ouf ! ouf ! ce n'eft rien.
Le Patient monte à l'échelle ,
Le Bourreau lui met la fifcelle ;
Et puis zeft, le voila pendu :
Ce n'eft point là du tems perdu.

Ils ont tout vû ; non pas encore ;
D'un œil plus avide on dévore
Le Cadavre en l'air ; on attend
Le Valet qui vient à l'inftant
L'enlever dans une charette ;
Avec la potence il l'y jette ;
Il l'emmene ; on le voit aller.
C'eft fait, il n'en faut plus parler.
Voila la befogne achevée :
Vous dites vrai, mais la corvée
Ne l'eft pas. Venez fur le foir,
Et vous ferez furpris de voïr
Trente Badauds en conférence
Autour du trou de la potence.
Qu'y voyent-ils ? Ils font contens.
Peuvent-ils mieux paffer leur tems ?

  Mais moi, n'ai-je point eu de honte
De débuter par ce plat Conte ?
Non, non, Lecteur, écoutés-moi,
Et vous ferés contens, je croi.
Le monde eft une grande Ecole ;
Chacun de nous y fait fon Role ;
Il n'en eft point d'indifferens ;
Les petits comme les plus grands
Pour leur commerce ont leur ufage ;
Et dans l'occafion le Sage

Sçait tirer parti des défauts.
Le croiriés-vous ? Un des Badauds,
Dont je vous faifois la peinture
Fut le fujet de l'avanture,
Qu'ici j'ai fçu mettre à profit :
Voici le récit qu'il m'en fit.

Il alloit à Lille, je penfe,
Et bien payé pour fa dépenfe,
Il crut en faire un bon emploi
De gagner jufqu'à Fontenoy.
Je verrai, dit-il, le Village,
Où ces Anglois ont eu la rage
D'attaquer mon ROI, BIEN-AIME ;
Vraiment je ferai bien charmé
De voir l'endroit où leurs carcaffes
Ont été mifes à milliaffes ;
Ils font bien là, ces Dévoïés.
Les voila-t'il pas bien payés
De leur brutale outre-cuidance.
C'étoit le trou de la potence
Que ce Badaud-là vouloit voir.
Il arrive, fans le fçavoir
Dans le Village fur la Brune,
Et tandis qu'il cherche fortune,
Il entend dans un un certain coin
Ces mots comme venans de loin :

Arrête! dans ton entreprise,
Le Ciel ici te favorise.

Sous ces Tombes .... regarde bien
Passant & ne nous cele rien.
Vois-tu là des Tombes ? Pas une.
Est-il jour, fait-il claire de Lune ?
Regarde-bien de tous tes yeux :
Quoi ! pas une Tombe en ces lieux ?
Pas une seule ; à la bonne heure,
Nous nous en passerons. Demeure :
Ecoute, & ne sourcille pas.
Par-tout où tu portes tes pas,
Dans cette Eglise, au Cimétiere,
Dans toute la Paroisse entiere,
Nous y gissons huit mille morts ;
Nos ames quitterent nos corps
En un seul jour. La malepeste !
Vous êtes tous morts de la peste ;
Je m'enfuis, ce lieu n'est pas sain.
Pas pour nous, le fait est certain.
Mais pour toi la demeure est sûre,
Ecoute donc notre avanture.
Nous sommes morts dans un Combat
Dont le succès est en debat.
On a menti de part & d'autre,
Nul rapport ne vaudra le nôtre,

S'il eſt à nos Neuveux tranſmis.

Or voici ce qui nous a mis
Dans une eſpece de colere.
Les Morts du commun n'en ont guere,
Sur ce qui ſe paſſe là haut.
Ils ont à peine fait le ſaut
Dans la foſſe, qu'on les oublie.
Mais ſur notre ſort on publie
Cent contes à dormir debout,
Seroit bien ſot, qui croiroit tout,
Un fait en contredit un autre.

Voltaire a fait le bon Apôtre,
A la hâte il fit en deux jours
Un tiſſu de mauvais diſcours,
Dont en tenant droit la balance
L'un & l'autre parti s'offenſe.
Les Poëtes de ce ſéjour
En riront encor plus d'un jour.
Dans ce Poëme tout les choque,
Et Deſpreaux même s'en moque.
Il jure de par Belzebut
Qu'il fera raïer du début
Son nom mis là ſi hors de place.
A ce Vers il fit la grimace ;
Peſte, dit-il, du double fat !
Vit-on jamais début ſi plat ?

Nous

Nous autres dont la Poëſie
Ne trouble point la fantaiſie ;
Nous rions de voir maint Vivant
Faire mettre voiles au vent
A ce grand Regent du Parnaſſe.
Son Poëme eſt une carcaſſe,
Qu'ils ont ſi bien ſçû décharner,
Qu'il ne reſte qu'à le berner,
Après quoi nous lui faiſons grace,
Et le recuſons, quoiqu'il faſſe.
Et vous, Curé de Fontenoy
Vous allés préſenter au R O I
Une Requête impertinente.
N'eſt-ce pas choſe bien criante
Que d'un pauvre Cadavre humain
Dépoüillé nud comme la main,
Vous prétendiés tirer ſalaire ?
　　Tout Curé n'eſt qu'un franc Corſaire,
Nous n'en ſerons pas démentis.
Caron nous a paſſé gratis.
C'eſt un phénomene aſſés rare ;
Il eſt plus vieux & moins avare
Que le Curé de Fontenoy.
Ses pareils font à tous la Loi,
Ils ont au gré de leur envie
Des droits ſur toute notre vie.

B

Naïſſés, mariés - vous, mourés,
Vous faites gagner les Curés.
Tel jeune encor, dit en lui - même,
Bien - tôt je ferai ce Baptême :
L'Enfant mort, je l'enterrerai,
Et s'il vit je le marierai,
C'eſt encor mieux, car ſes enfans,
Si je vais à quatre - vingt ans,
Repaſſeront tous ſous ma coupe,
En attendant mangeons ma ſoupe ;
Buvons un coup gaillardement,
Au pis aller l'enterrement
Ne peut me fuir, j'aurai la cire,
Et les Meſſes qu'on fera dire ;
Le pain, le vin qu'on offrira
Pour mon Valet me ſervira :
Le bon Métier ! il paſſe rente ;
Pauvres Soldats, dans votre Tente
Vous n'avés pas de tels profits,
Et quand vous êtes déconfis
Un Curé qui vous met en terre
Voudroit encor, ainſi qu'en Guerre,
Vous mettre à contribution ;
C'eſt la ſordide invention
Qu'à ce Curé l'Enfer reproche.
Si l'argent ne vient dans ſa poche

Il regrette fon *Libera*.

Parmi nous on délibera
De s'opofer à fa Requête ;
Et nous fimes un jour de Fête,
Quand nous fçumes qu'on avoit mis
Néant au bas. Quelques Amis
Nous auront rendu ce fervice.
Mais pour un refus l'avarice
Ne fe rebute pas fitôt,
Toujours avide de l'impôt
Qu'elle a mis fur la chair humaine,
Après une Requête vaine,
Une Lettre vient à l'apui.
Le Vicaire parle pour lui,
Les Marguilliers viennent enfuite.
C'eft une Piéce bien conduite,
Où les intérêts font marqués
Pour n'être point trop remarqués.
Toute l'agent de Robe noire
S'entend comme Larrons en Foire.

Abregeons. On eft grand parleur
Quand on veut décharger fon cœur
De quelque outrage qui lui pefe.
Revenons vîte à notre Thefe.

Le Marguillier outré flatteur
Voudroit que quelque bon Auteur

Nous fit à tous une Epitaphe.
Le Drôle , il penfe à fon eftafe :
On feroit des Fondations.
O les faintes intentions !
Projet frivole. On n'eft plus Gruë,
C'eft jetter fon bien dans la ruë.
De le donner à ces Corbeaux ,
Qui s'engraiffent près des Tombeux.

Projet rifible. C'eft l'Hiftoire
D'un fait , qu'on auroit peine à croire.
Un de nos Morts nous racontoit
Que dans un certain Cloître (a) étoit
Une Anagramme de MARIE,
Peinte avec beaucoup d'induftrie,
Et qu'un Moine avoit fait deffus
Quatre mille Sonnets & plus.
C'eft dommage que ce Poëte
Soit mort. Notre affaire étoit faite.
Huit mille Epitaphes, je croi ,
Ne lui cauferoient point d'éfroi.

Qui les fera ? C'eft l'enclouëure ;
Nous en redoutons l'avanture.
Qui fçait , fi Voltaire affez fou ,
N'ira point s'y caffer le cou ?
Son entreprife téméraire
Seroit le coup le plus contraire

(a) C'eft le Cloître des Recollets de Lion,

Au repos dont nous joüiſſons.

Nous en ſommes dans les friſſons.

Que diroit-il ? On n'a qu'à lire

Ce qu'il dit quand Grammont expire.

(a) *Que la mort devore avec nous*

Ces rangs dont on eſt ſi jaloux.

Certes la mort fait maigre chere.

Quoiqu'il en ſoit ſur cette affaire,

Nous nous ſommes aſſemblés tous :

Rien de plus important pour nous ;

Chacun parloit à tour de rôle ;

Enfin Grammont prit la parole,

Et nous dit à tous : Mes Amis,

Nous qu'au Niveau le ſort a mis,

Ne ſouffrons point qu'en nous on loüe

Ce que notre cœur déſavoüe.

Nous n'avons tous qu'un intérêt,

C'eſt de peſer ce qu'il en eſt

De la valeur de notre vie.

Voïons quelle étoit notre envie

Quand nous nous ſommes engagés

Dans un vrai métier d'enragés :

Nous avions tous quelque eſpérance

De nous avancer, nous en France,

Vous chacun dans votre Païs ;

Et nous voila bien ébaubis

(a) Voïés la pag. 6 du Poëme de Voltaire.

D'être meurtris, la belle avance !
Pour être Marechal de France ;
Ne vous en souvenés- vous pas ?
J'avois fait un fort mauvais pas
A Dettingue ; & toute l'Armée
En dénigra ma renommée.
J'ai voulu faire à Fontenoy
Mon devoir ; c'est tampis pour moi.
On m'apporte, voïés la chance,
Un beau Bâton pour récompenfe.
N'en fuis- je pas bien décoré ?
Bâton, la mort t'a *dévoré.*
(a) *A quoi fert ce Sceptre de gloire ,*
Quand on a paffé l'Onde ñoire ?
Je fens que vous m'aplaudiffés,
Mes Compagnons les Trépaffés ;
C'eft la vérité toute pure.
   Mais peut - être quelqu'un murmure.
Quoi ! l'honneur pour nous n'eft - il rien ?
La bravoure, le mince bien !
Frivole & plus que chimerique.
Faifons venir un Satirique ,
Quelque Juvenal, ou Boileau.
Ne trouveriés - vous pas fort beau
Qu'il nous mit au - deffous des bêtes ?
Comment entre t'il dans nos têtes

(a) Voïés la page du Poëme cité plus haut.

Qu'il peut nous être glorieux
De nous traiter en furieux ?
N'étions-nous pas ce que nous sommes
Avant de nous battre ? des hommes
Nés pour vivre dans l'union
Et l'intérêt de Nation :
Qu'est-ce encore, qu'une chimere ?
Qu'est-.ce que cette haine amere,
Qui pour un caprice étranger
Nous acharne à nous égorger ?
Que de Guerres illégitimes,
Dont nous devenons les victimes !

Non, je me trompe, parmi vous
Il n'en peut être d'affés fous
Pour regretter dans la lumiere
L'horreur de la fureur Guerriere.
Ne vous femble-t'il pas bien doux
De vivre ici loin des jaloux,
De n'y point rencontrer d'allarmes ;
D'aller & de venir fans armes ;
De ne point craindre de Partis
Ou de Détachement fortis
De quelque Garnifon voifine ;
Point d'Efpion fous une Mine,
Qui vous trompe & va vous trahir. ?
Nous n'avons plus de nous haïr

Aucun fujet. Là-haut le monde
En conteftations abonde
Sur de frivoles queftions.
Les mots fous les divifions :
Et fur la pointe d'une éguille
On s'échauffe , le fang pétille :
On court aux armes fans façon,
Et chacun penfe avoir raifon.
Je croi qu'ici fur ces affaires
Les décifions font plus claires.
Tel, qui s'eft beaucoup emporté
Trouvera qu'il s'eft mécompté.

　　Mais enfin , tréve de difpute :
Avant que le fond fe difcute
Nous aurons bien d'heureux momens.
Donnons à nos délaffemens
Tous ceux que Minos nous accorde.
J'ai fçu que perfonne n'aborde
A fon terrible Tribunal ,
Qu'un vieux fourbe de Cardinal ,
Qu'on dit avoir caufé la Guerre
Qui défole aujourd'hui la terre.

　　Ses Comptes font mal arrangés,
Confus, broüillés ; les préjugés
Sont contre lui. Bref, fes menées
Occuperons plufieurs années

Le JUGE exact qui veut tout voir ;
Et croit qu'il est de son devoir
De ne juger aucune affaire
Sur l'Extrait de son Secretaire.
Profitons de ce long repit,
Et vivons en paix, en dépit
De ceux dont les vaines idées
Sont encor par l'erreur guidées.
Qu'ils plaignent tous notre malheur ;
Notre sort vaut mieux que le leur.

Je reviens à ce qu'il me semble
Sur le sujet, qui nous assemble.
Mon avis est l'avis commun,
Que ce Marguillier importun
Qui conclud à nous faire faire
Des Epitaphes par Voltaire,
N'est qu'un sot ; Voltaire est menteur,
Il me pénêtre de *douleur* (*a*).
Au moment qu'à tout insensible
Je vins dans ce séjour paisible.
Que de faux il diroit sur vous
S'il avoit à vous peindre tous.
Qu'un autre fasse la besogne,
Il vous couvrira de vergogne
Par cent mille autres plats rebus
Que lui fournira son Phebus.   C

(*a*) Voïés encore la page du Poëme citée.

Nos Epitaphes devroient être
S'il se pouvoit de main de Maître ;
Mais, certes, où la prendrons-nous ?
Le plus court est, qu'en pensez-vous
Que nous les fassions nous-même ?
Peut-être encor qu'un bon système
C'est de n'en faire qu'une en tout,
Nous en viendrons bien mieux à bout ;
La faire générale & courte.
Quatre Pigeons dans une Tourte
Paroissent plus gras, plus dodus
Que quand on les voit étendus
Sur un plat, à la Crapaudine
Ils ont la plus mauvaise mine,
Et ce sont les mêmes Pigeons.
   Ainsi, si nous nous engageons
Dans des détails de circonstances,
Nous ferons voir toutes nos chances,
Dont plusieurs, vous sçavés pourquoi,
Paroîtront fort laides, je croi.
Les Morts doivent être sinceres.
Qu'ils content sans fard leurs affaires,
C'est justice de l'exiger ;
Ils n'ont plus rien à ménager.
Moi donc le récit, par exemple,
Au fond ne seroit pas fort ample,
Je devrois dire franchement
Qu'on vit fuir tout mon Régiment.

Je n'ai rien à dire des autres ,
Je n'étois plus. Mais fur les vôtres
J'ai fçu qu'à ne déguifer rien
Vous ne diriés pas trop de bien.
Ils plioient , fuyoient en défordre ;
Vous aviés du fil à retordre
Pour les ramener au Combat ;
Et ce que je dis du Soldat
Convient à l'Officier ; peut - être.
L'Ennemi vous menoit en Maître ;
Il rompoit , il enfonçoit tout ;
Et s'il eut pû venir à bout
De démonter la Baterie ,
Vous étiés à la Boucherie :
Tout cela n'eft pas fort joli.
Ce monde même fi poli,
Ces gens *doux , enjoüés , aimables* (a) ,
Les traiterés - vous d'*indomptables?*
Vous , modeftes Carabiniers ,
Vous ne fûtes pas des derniers
A rompre la forte *Colonne* ,
C'eft une gloire qu'on vous donne ,
Mais tout - bas. Si vous les graviés
Ces traits vous feroient enviés
Par ceux à qui la fauffe Hiftoire
Donne l'honneur de la Victoire.

(*a*) Voïés la 10 page du Poëme.   C ij

Vous en fçavés la vérité ;
Mais la venteufe vanité
Vous accuferoit de menfonge ;
Votre valeur feroit un fonge.

  Vous, Hollandois , nos bons Amis,
L'endroit où l'on vous avoit mis
Demandoit un Peuple d'audace.
On vous fait ce reproche en face ,
Vos efforts furent fans effet.
Six cent Croates auroient fait
Plus , dit - on , que vos vingt - deux mille ;
Ce trait - là feroit difficile
A bien tourner pour votre honneur.

  Pour vous , Anglois , votre valeur
Ne pourroit paroître équivoque ;
Mais de votre Chef on fe moque ;
Et vous diriés fincerement
Qu'il vous fit faire étourdiment
Une entreprife téméraire.

  Vous le voïés , toute l'affaire
A befoin d'un tour indulgent ;
Montrons ici notre entregent ,
Ne mentons point fur toute chofe.

  Ici Grammont fit une paufe ;
On recüeillit tous les avis ,
Et les fiens ont été fuivis.

  On fit venir quelques Poëtes
Tant Latins que François. Vous êtes

Leur dit-on des Maîtres de l'Art,
Vous trouverés de notre part
Une docilité parfaite.
Qu'eſt-ce qu'une Epitaphe faite
Dans un bon tour? Et pour le choix
Quelle Langue? Tous d'une voix
Ils nous répondirent ſur l'heure
Que la plus courte eſt la meilleure.
Sur le reſte on fut incertain.
Alors un Poëte Latin
Nous fit une longue harangue,
Pour nous démontrer que ſa Langue
Devoit avoir, ſans contredit,
La préférence. Et ce qu'il dit
Fit beaucoup pancher la balance.
Tous, excepté les Morts de France,
Reconnoiſſoient que le Latin
A d'ordinaire un tour plus fin ;
Que la phraſe eſt plus laconique,
L'expreſſion plus énergique.
Mais les François l'ont emporté.
Ils avoient la pluralité.
Nous les avons donc laiſſés faire ;
Et comme il ſuit ; leur Secretaire,
A réduit le plan convenu.
L'accord fait, nous l'avons tenu.

EPITAPHE.

RACES préfentes & futures
Ne croïés fur nos avantures
Que ce que vous lirés ici.
C'eft le vrai pur en racourci.
Victimes d'une Guerre ouverte,
Sans fouci de gain ni de perte ;
François, Anglois, Hanoveriens,
Hollandois, Hongrois, Autrichiens;
Nous avions rempli de carnage
Les environs de ce Village.
Quel fut le fruit de vos efforts ?
Le voici. Nous fommes tous morts ;
Braves ou poltrons, il n'importe,
Nous fommes par la même porte
Sortis du monde de là-haut,
Au même nombre ou peu s'en faut :
Sur ce calcul point de querelle.
Nous giffons ici pêle-mêle,
Catholiques & Proteftans.
Ces points chez vous font importans,
Chez nous ce font des bagatelles :
Sur toutes difputes nouvelles
Nous avons fait tréve en ce lieu.
Celui qui nous juge eft un Dieu,

Qui ſçait trop bien ce que nous ſommes.
Entre nous, nous vivons en hommes ;
C'eſt notre grande qualité.
Tous les noms, dont la vanité
Dans l'autre monde étoit ſi fiere,
Ne ſont pour nous qu'une chimere.
Nul n'eſt Duc, Comte, ni Marquis.
Nos biens ſont nos talens acquis ;
Sans mérite, tout eſt canaille.
Nous ſommes morts, vaille que vaille.
Sur nous plus de mauvais propos,
Vivans, laiſſés-nous en repos.

PASSANT, as-tu de la mémoire ?
Aſſés. Retiens bien cette Hiſtoire ;
Et conte-là fidélement.
Je n'y manquerai pas, vraiment ;
J'en pourrai tirer mon *eſtafe*.
Sur-tout prend ſoin que l'Epitaphe
Soit remiſe en de bonnes mains.
Où la graver ? Sur les chemins,
Ou bien ſur les murs de l'Egliſe.
Adieu, qui ſçaura lire, liſe.

Mon Badaut de là revenu
M'a du tout bien entretenu.
Ce qu'il m'a donné, je le donne,
Et je ne fais tort à perſonne.

www.ingramcontent.com/pod-product-compliance
Lightning Source LLC
Chambersburg PA
CBHW061735180626
46818CB00006B/2640